현대시세계 시인선 148

여자가 바다를 찾을 때는

이우림 시집

여자가 바다를 찾을 때는

이우림
시집

도서출판 북인

시인의 말

당신이란
섬을
버리기 위해

당신이란
섬을
찾기 위해

오늘도
밤바다를 끌어안아

당신이란
섬
섬
섬 때문에

2023년 5월
이우림

차례

2부

3부

4부

1부

서리꽃 피는 날

그리움도
외로움도
쓸쓸함도
서글픔도
모두 허수아비 같은 날
눈 질끔 감고
청국장 먹으리
청국장 먹고
내 몸에
개터럭 같은
서리꽃 피우리
곰팡내
곰팡내
청국장 곰팡내
온 집안 가득
피우리

남겨둠의 의미

대문 앞 텃밭에서
참새 몇 마리가 고개를 주억이며
모이를 쪼고 있다

어릴 적 우물가에서
쌀 씻으며 흘려놓던
나의 몇 톨

뒷설거지 끝낸 옴파리*에
부르튼 밥알 흩어놓던
어머니의 그 몇 톨

*아가리가 작고 오목한 사기 밥그릇.

뚝배기
— 어머니 1

삼중바닥 냄비도
노란 양은냄비도
어머니
당신이 띄워주신
맛이 아닙니다

단풍나무 맑게 세수하던 날
그 손맛 너무 그리워
뚝배기 하나 사왔습니다

집안 가득
어머니
당신의 그 오랜 곰팡내를 피우며
그날 밤
청국장 한 그릇
맛있게 먹었습니다

가을 무청
— 어머니 2

친구네 쪼각밭에서
알타리 무 한아름 뽑아와
겉잎 떼고
붉은 흙 털어낸 뒤
청잎 시래기를 삶았다
된장으로 주물러
푹 지져
오가리에 담은 청잎 시래기
조밥에
손가락으로 척 걸쳐 먹을 때마다
정말로 푸른 하늘이
내 입가에
청잎으로 내려앉는다
"별식이야, 먹어봐."
"……."
"외할머니가 해주시는 것은 더 맛있단다."
(그럴 때마다 슬며시 따가워지는 내 코끝)
"엄마, 그러면 외할머니한테 해달라고 하면 되잖아."
큰아이의 말,
"그래, 아가 나도 외할머니가 해주시는 것이 너무 맛있었단다. 그래서 그것이 먹고 싶을 때가 참 많단다."

두 아이 밥숟가락에 청잎 시래기를 얹어줄 때마다
내 눈빛이 어머니 눈빛이 되어
아이들 밥숟가락에
별똥별로 떨어진다

봉숭아꽃과 아주까리

울타리다
울타리 울타리
봉숭아꽃이 참새처럼 둘러앉아 있다

아주 조금씩 씨방을 채우는 것이
꼭 문간방 새댁의
배를 닮았다
20년 전
내 배도 닮았다

키 큰 아주까리가 물끄러미
그것을 바라본다 그랬지, 한여름밤 엄마는
봉숭아 꽃물을 들일 때마다
손톱손톱
아주까리 잎으로 묶어주었지
그러면 내 손톱엔 밤내 별이 반짝이고
다음날 아침이면 내 손톱엔
엄마 냄새처럼
예쁜 꽃물이 들었지

참새들이 하늘을 본다
봉숭아꽃도 하늘을 본다
아주까리도 하늘을 본다
봉숭아꽃은 헤살거리고
참새는 웃고
아주까리는 귀를 반짝인다

까만 씨가 쏟아진다
까만 네 씨가 쏟아진다

울타리가 무너진다

김장을 하며

바닷물을 만든다

속옷 벗겨
바닷물 속으로 밀어넣는다

포동포동한 그녀의 아랫도리가
촉촉이 젖는다

수평선 위에서
마지막 눈을 감는 내 생의
굴과 꼴뚜기와 생새우

고춧가루 마늘 생강 멸치젓 쪽파 찹쌀죽을 풀어
콘크리트처럼 내 생을 버무릴 때마다
파도 아래서 몸을 섞는
봄 여름 가을, 그리고
겨울

마침내 그녀가 다홍치마를 입고
신방으로 들어간다

아랫도리가 잘 젖으라고
누군가 봉창에
문구멍도 낸다

단풍나무

마흔셋
젖가슴 응이를 도려내던 날은
우리 집 단풍나무도 둥근 나이테 감다 말고
온몸에
붉은 열꽃을 피웠다

10월

— 어머니께

바람에
대추나무 잎이 스르르 떨어집니다
어머니
당신의 손길 멎은 텃밭엔
푸성귀보다 잡초가
더 무성히 자라나 있습니다
하지만 여름내
당신의 텃밭에선 강낭콩이
다시 싹을 틔우고
녹두 알은 툭 툭 터져
새들의 모이가 되고 있습니다
당신의
비틀린 팔다리 같은 호박넝쿨은
올해도
약호박을 잘도 맺었습니다
10월,
눈물처럼
대추나무 잎이 자꾸
장독대 위로 떨어져 쌓입니다

공원에서
— 다시 어머니께

아직 이르지 않습니까
어머니
하늘엔
낮달이 조각으로 흐르고
거리엔 낙엽이
동풍으로 흐르는데

상강의 오늘
된서리에 벗은 몸이
가볍지 않습니까
덜 자란 뿌리
지금도 당신 가슴 헤집으며
젖을 빨고 있는데
당신의 젖꼭지는 이미
쪼글쪼글
어느새 까치 한 마리 찾아와
긴 가지로
자리를 틉니다

어머니

당신을 보내기엔
나의 겨울이 아직
너무 두껍습니다

아까시 1

늦은 밤
창문 열면
당신의 노련한 손놀림 같은 향기가
내 깊은 속살을 마침내
열어젖히고
맙니다

아까시 2

비라도 내려야
저 몹쓸 향기
내 5월의 몸뚱어리에서
떠내려가지

그 군부대 앞에서

벼 밑동만 남겨진 무논에
눈물 몇 줄기 어리어 있다

바람 몇 가닥 강 속으로 기어들고
독수리 한 마리 먼 하늘가 맴도는
그 군부대 앞

청담색 용담 한 포기
허수아비 맘으로
나를 바라보고 서 있었다

가뭄

날리는 빗방울보다
흐르는 내 눈물
더 굵다

물을 주어도
돌덩이가 되어버린 텃밭
고추 모종이
말자지처럼 늘어진 누렁이
누런 불알을 보며
울지도
웃지도
못하고
서 있다

텃밭 이야기 1

열 평 남짓
바람과
모종이
무척 무겁다

은평천사원
정신지체장애 3급 텃밭
조영이의 아홉 살 손놀림이
가파르다

어린 상추와
말갛게
인사하는 조영이

파르스름한 햇살 한 줌
조영이의 손등에
텃새처럼 내려앉는다

텃밭 이야기 2

겨우내 움츠린 자리
뾰족뾰족
싹이 돋았다

깊게 도랑 낸 텃밭에 안겼더니
쪽햇살 끌어안고
기어이
꽃을 내밀었다

텃밭 이야기 3

2003년 7월 22일
중부 지방 300ml/h 집중 폭우
상암동 잔디구장이 무논이 되었다
공보다도 먼저
빗줄기에 튕겨나가는
선수들
축구화로 물 차기
엎어져 스키 타기
빗방울에 헤딩하기
웃지도
소리 지르지도
손뼉 치지도 못하는
열일곱 살 석민이의
빨주노초파남보

은평천사원 무지개밭

2부

소나기

느닷없이 창가에 부딪힌 영혼들이
비틀린 몸으로 내 방 안에 들어온다

커튼을 밀친다
살아남았을까

그
사선斜線들

봄바람

고 녀석
깨벗은 뒷모습이
너무 예뻤어

토실토실
말랑말랑

그 능선에
누가
팥시루떡 두 솥 팍, 엎어놓았는지

너무 감미로웠어
봄바람

여자가 바다를 찾을 때는

여자가 바다를 찾을 때는
가슴에 조각구름 몽실몽실 떠다닐 때다

기억 저만치 빠져나갔다가 되돌아오는
통통배 한 척 있을 때다

이슬 아래 밤새도록
푸른 모래탑 부서질 때다

여자가 바다를 찾을 때
그때는

선녀

촉촉한 머리
불그스레한 볼
서리 같은 입김 내뿜으며
동네 대중 사우나 목욕탕에서
방금
나온
그
녀

그 여자의 바다

해일이다
그녀가
모래밭에 어푸러진다
쉴 새 없이
하늘을 담금질하는
파도
뚜벅뚜벅
시계침 돌아가는 소리
그 여자의
바다

물방울무늬

상춧잎이 웃는다

밤새 비가 왔나
하얀 이 드러내놓고
크게 웃고 있다
그러다가
내 젖무덤으로 파고든다
은평천사원
조영이는 내 젖무덤을
제가 태어난
상추밭쯤으로 아는 걸까
손가락을 빨다가
상춧잎 위에서
물방울로 자고 있다

물방울무늬가
더욱 크게 웃는다

낙엽

담벼락
한 귀퉁이

상강霜降의 개 울음소리 하나
유난한 밤

붉은 벌레 울음소리 하나
지상으로 떨어져 내리고 있다

폭설

나의 3월은 언제나
서오릉 뫼등 위에서 그렇게
진달래 산천을 기다리고 있다

바람에게 묻는다

애련哀憐

잊어버린 책장과
닳아버린 나의 손가락 지문으로
넘기고
또 넘겨본다

바람아,

서삼릉엔 등 굽은 떡갈나무가 서 있다

서삼릉엔 등 굽은 떡갈나무가 서 있다

혼자 있고 싶을 때
나는 늘 여기에 온다
햇살이
말[馬]의 초지를 질주하고
그때마다 내 몸은 실처럼 풀어진다
풀리는 몸 안에서
나의 말[馬]과 말[言]들이
갈기를 나부낀다
울면서 달린다
내일 또한
절대로 변함없는 나의 오늘인데
나의 오늘은 지쳐버린 내일이 되어
내 수첩 속으로 들어간다

떨어지는 나무껍질
서삼릉엔 언제나 등 굽은 떡갈나무가 서 있다

도라산역 지나 봉동역 그리고 또,

꽃기차 타고
임진강 건너
나는 호랑나비
너는 꿀벌
우리는 또 고추잠자리 되어
도라산역에 앉았다

엉겅퀴 질경이 싸리꽃
수줍게 해살대는 향기 따라
도라산역 지나 봉동역
덩기덩기 덩더쿵
그리고 또,

隱仙폭포

맨발로 오른다
두 발바닥이 아프다
나뭇잎 같은 발바닥
풀벌레처럼 웃다가
물푸레처럼 자지러진다
폭포가 가까워진다
그럴수록
퍽퍽
바람을 토해내는 나의 머리앓이
이명耳鳴의 탱크 소리
문득 은선隱仙처럼
나는 폭포 뒤에 가서 숨고 싶고
그런 나의 아랫도리를
뭐라고 하며
명주실꾸리처럼 폭포는
하염없이
풀어져내리고,

망월동에서

돌멩이마다 꽃들이
자지러지게
자지러지게
웃음을 끌어안고 있다
나도
자지러지게
자지러지게
햇살을 끌어안고 있다

수양버들

아랫도리가 붉어지도록 힘줄을 세운다
수많은 핏줄이
낭창거린다
잎잎의 귀들이
소곤거린다

아침에 젖가슴을 다녀간 바람이
저녁에 다시 놀과 함께
아랫도리를
찾아왔다

밤은
비의 간음을 부르고
폭풍의 신열을 부르고

새벽 다시
낭창낭창 아랫도리를 적시며
바람에 소곤거리는 잎잎의 힘줄들

가을

주황색 조끼가 벤치에 걸려 있다
자루 긴 싸리비도
아구리 넓적한 쓰레받기를 베고 누웠다
주황색 단풍잎이 입술을 모아
뭉게구름을 만든다
토끼구름도 만들고
새털구름도 만들고
양떼구름도 만들어
하늘바다에서 뛰어놀게 한다

바람에 굴러온 조끼 하나가
내 발끝을
붉게 물들인다

비와 개구리

바람 자고
비 내리는 날
개구리 발등에 떨어진 비는
개구리 발등만큼의
비
개구리 배꼽에 떨어진 비는
개구리 배꼽만큼의
비
내 젖꼭지에 파고든 비는
내 젖이 먹고 싶어
멀리서 멀리서
쉬지 않고 달려온
비

그 비 속에
내 몸이 휘청거린다

3부

서포리에서

덕적도 서포리
발끝 가득 파도가 차오릅니다
새벽 백사장에 무수히 찍힌
새 발자국들
그러나 당신의 발자국은
그 어디에도 없습니다
내 빈 자리마다
솔밭을 치며
바람만 달려옵니다

광안리
그 겨울 바다에 비 내리던 날
나도 밤내
서포리를 적시고 있었습니다

토요일엔 하나보단 둘

그냥은 싫어

마가린에
살짝 구운 토스트 두 쪽
계란 프라이에
커피우유 한 잔

눈 뜨면 가슴 아프고
눈 감으면 기쁜 것과
빈둥빈둥
짐승같이 놀고 싶었어

수양버들처럼 늘어진 CD 가락이
내 머리카락 위에서 흐느적거렸어

토요일엔 하나보단 둘
마주 앉은 눈으로 그렇게
하염없이 젖고 싶었어

관계

욕실에 내던져진 운동화 세 켤레
말똥말똥 눈을 뜨고
서로 바라본다

비누 풀어 거친 솔로
빡빡 씻어보지만
좀처럼 속을 허락하지 않는
운동화와 나의 관계

더 이상 지속할 수 없어
세탁기 속에 처박아넣고
버튼을 누른다

우당탕탕
또다시 우당탕탕

속을 허락하기 전까지 모든 관계는
그렇게 시끄러운 것

흐름이라는 것
— 이부자리 속에서 가을을 읽다

그날 밤 나의 이부자리 속으로
살포시 그놈이 기어드는 것이었어

점령군처럼 귀뚜라미 몇 마리
토방 아래서 밤내 자지러지는 것이었어

하늘 너무 높아서 미칠 것 같은 구월 초하루 아침
나의 이부자리가 촉촉이 젖어 있는 것이었어

여자

나,
바다에 가고 싶어

물론
혼자는 싫고

도둑놈 같은 네가 있으면
더욱 좋겠어

늑대 같은 네놈이 따라붙으면
더욱 좋겠어

그러나 진짜로 그러진 마
그러면 나 수평선에 콱 빠져버릴 테니까

어둠 속에서

수족관 속 작은 너럭바위에 기대어
잠들지 못한 참마자* 한 마리
가만히 한숨짓다가
수족관 밖 어둠보다 더 깊은
가슴과 마주친다

한동안 통방울눈을 키우다
볼을 끄덕인다

문득 내 가슴이 휑해진다

*우리나라 전역에서 볼 수 있는 물고기. 물이 맑고 자갈이 많이 깔린 하천 중상류에 서식하는 관상어.

밤에 부친다

밤,
너의 깊음 속에서 숨쉰다

밤,
어쩌면 달맞이꽃 같은
너의 깊음 속에서 나는 숨쉰다

밤벌레 울음처럼
나는
너의 깊음 속으로 파고든다

어제는 태풍이 몰려와
나의 생팔을 찢었고
하부를 흔들어 이부자리에 자빠트렸다

너무 슬퍼서
쏟아지는 비

밤,
너의 깊음 속에서
나는 마침내 잠든다

비

— 사랑 스케치 1

사선이
가슴을 타고 흐른다

눈두덩이 내려앉은 하늘에서
앞머리카락 달라붙은 이마에서

삐죽 얼굴 내민 타래난초 한 움큼
또로롱 흐느낀다

머리앓이
— 사랑 스케치 2

애끓어
지핀 불씨
끝내
재 되고
지워지지 않는
이름 하나
머리핀처럼
가리마에
꽂혀 있다

은행나무집 가는 길
— 사랑 스케치 3

후훗~
너를 볼 때면
웃음이 난다

하루는
친구 같고
다른 날은
아이 같고

또 어떤 날은
애인 같고
또 어떤 날은
도둑놈 같고

늑대 같은 시간들
그 발톱 아래
난파선으로 지그시
가라앉고 싶다

이숙경

장대비에 몸까지 울게 해놓고
그녀는 갔다
47년간의 앉은뱅이 삶도 모자라
마지막 3년은
암세포와 사이좋게 동거하면서도
콩돌해변 취꽃처럼
언제나 은은하던
이숙경
오늘 다시 우리 집 대문간에
장대비로 찾아왔다

세기말에 내리는 눈에 관하여

벌거벗은 나무마다
소복을 입고 있다

세기말

폐경의 어머니 자궁 같은
미루나무 우듬지 까치둥지도
새하얀 소복을 입고
마지막 탈상을 하고 있다

산부인과 앞에서

끝내 햇살이 되지 못한
내 흔적
하나
임진강 가
금단사 오르는 길섶
흰 돌탑에
조용히
얹어놓았다

벽

철조망에 걸린
남자와
철조망에 걸린
여자가
서로
철조망이 아니라고
철조망을
사이에 두고
철조망으로
나부끼고 있다

그 바닷가에서

그 바닷가에서
칼질을 한다
파를 썰어 넣고 마늘을 다진다
핏물 뺀 소갈비가
월사 때
개짐 같다
사내들을 위해
넓적다리 아래 대롱거리는
소불알도
잘라 넣는다
문득 수평선 위에서
소리도 지르지 못한 채 미끄러져내리는
한
사내
그 바닷가에서
밤새 나의 팔다리는 찢어지고
피 흘리는 내 유방에선
해삼이 자랐다

아이와 지퍼

지퍼를 연다

내 몸의 지퍼를 열고
아이를 꺼낸다
내 몸은
아이의 옷

침실 밖에 눈이 내린다

눈 속으로 아이가 숨는다

두통
멀미
입덧

아이야
따스하니?

눈이 그치고

지퍼를 닫는다

4부

용산역에서

초콜릿 같은 발걸음으로
그는 떠났다
93년산産 코스모스가 창을 기웃거리듯
오지 않을 그를 기다리며
서성이는 광장
내 얼굴처럼
낯선 대합실
기다리는 사람보다
떠나가는 사람이 더 많은 선로 위를
그는 또다시 초콜릿처럼 떠나가고
그를 위해
나는 초콜릿을 더 사들고

멍빛 어둠을 제치며
다시 초콜릿처럼 떠나가는
목포행 KTX

포클레인의 손

장롱 밑에서
포클레인 한 대가 기어나온다
엉금엉금 기어나와
우리집 대문간 앞에 서성인다

무엇을 굴착하러 왔을까
새벽녘 문득 대문간을 부수고 들어와
마당을 헤집는다
놀라 우는
닭
돼지
토끼들

나는 벌떡 일어나
포클레인을 뒤집는다
하얀 배 내놓고 뒤집어진 포클레인을
손바닥으로
사정없이
내리친다

설맞았을까
포클레인이
다리를 질질 끌며 구석으로 간다
부러진 손도 질질 끌고 간다

전등이 켜지고
포클레인의 육중한 몸은 더 이상
움직이지 않는다
닭과 돼지와 토끼들도
더 이상 울지 않는다

달빛 연가

늘어진
그림자
울부짖는
백구

일렁이는
내
가슴
한쪽

항아리와 후리지아

옷을 벗겼더니
그 가시내
향기가 끝내줬어
하체를 잘 다듬어
아가리에 꽂았더니
고개를 비틀고
나를 바라보았어
나비가 될까
별이 될까
벗겨낸 신문지 한 장
겉옷처럼
방바닥에서 나풀거렸어

황태

수심 200미터에서 올라온 명태가
해발 400미터 용대리에서 머리 풀고
입 쩍 벌려
해풍을 쏟아낸다

바다 속이 너무 무거웠을까
내장까지 몽땅 게워낸 텅 빈 속
미시령 찬바람에 흠씬 두들겨 맞은 맷집으로
오늘 아침
당신의 아린 속을 살갑게 풀어준다

정자마을*에서

그곳 어디에도
서울은 없었어

집 떠난 지 3일
그 세월 나는 깨가 쏟아지게
파도와 사랑했어

오다가다 그렇게
무작정 만난 우리

정자마을에서
서로의 정자亭子가 되어주고 있었어

*울산 동쪽에 있는 바닷가 마을 이름.

아이에게

비 오는 날
대성중학교 운동장엔
색도 가지가지
무늬도 여러 가지
꽃씨들이
날아들고 있다

토드득
빗방울 튕겨져
까르륵
미끄러져 내리고

군데군데
물웅덩이가 생기고
물웅덩이 피해
기우뚱 달려가는 꿈들

바람 불고
나뭇가지 흔들리고
우산살 휘어지고

뒤집히지만

아이들은 다시 꽃씨 되어
바람강 건너간다
물운동장 헤엄쳐간다

그립다, 친구야

말라비틀어진
오징어
쭈욱 찢어
껍다구 벗기고
쫙 찢어
고추장 처발라
잘강잘강
씹어 넘긴다

막소주 한 사발

그립다, 친구야

대중목욕탕에서

낯선 알몸
처지고 늘어진
하부의 고독
늙은
소외

도무지 나를
찾을 수 없다
도무지 나를
만날 수 없다

찬물 샤워기 아래
한 시간
두 시간
빨긋해진
젖몽오리 곁에서
개터럭 하나

수줍게
그런 나를
올려다보고 있다

갈증

나른하다
며칠째
머리가
저린다

화분의
스킨
눈 마주칠 때마다
물 주겠노라 해놓고선
오늘도 그냥
못 본 척
눈돌림하고
만다

내려온다,
눈꺼풀이
바들바들,
줄기 잎 자루마다
스킨도
맥을 놓는다

소나기

성일요일 아침

일차선 비둘기는
날아가지 않았다
옆 차선으로 피하지도 않았다
차선 밖
은행나무 그늘로 한 줄기 동풍이 지나가고
문득 노오란 은행잎처럼
인도로 날아오르다
다시 떨어져내리는
깃털
몇 잎

성일요일 아침
지구를 끌어안고 압사한 성자를 위해
나는 잠시잠깐
성호를 그었다

그 옆을 무심히 지나는 16배기통에선
예배당의 엄숙한 종소리가
다시 하늘 높이
울려 퍼지고 있었다

동학사

기차를 타고 간다
어둠을 끌어안고
산장의 고요 속에 나를 가둔다
그러나 밤새도록
그는 오지 않고
희미한 안개 속에
아랫도리만 차디차다
견딜 수 없는 나는
욕조에 몸을 담근다
배암처럼 아랫도리를 파고드는
비구니들의 새벽 독경 소리
유리창 너머로
기차가 떠난다

배추밭 속의 달팽이

그의 책상 한 귀퉁이에 있는
지구본을 본다

새벽 배추밭에서
속을 갉아먹는 달팽이처럼
나는 문득
그의 지구본을 갉아먹고 싶다
그리하여 당나귀를 타고 그와 함께
티베트로 가고 싶다
아프리카로
칠레로
시실리로
툰드라로 가고 싶다
거기도 싱싱한 배추밭이 있을까
그 배추밭 속에서
나는 다시
달팽이가 되고 싶다
다시 달팽이가 되어
그의 지구본을 갉아먹고 싶다

그의 책상 한 귀퉁이에서
오늘도 지구본이
배추밭처럼 돌아가고 있다

전야

눈이 내린다
작은 공터 버려진 쓰레기더미 위에
지난 여름 부러진 플라타너스 가지 위에
달동네 허물어진 슬레이트 지붕 위에
포근하게 눈은 내린다

눈의 해일 속에
아이들은 눈사람이 되어가고
눈사람은 아이들이 되어간다

강아지들은 눈을 맞으며
참새를 쫓기도 하고
어떤 녀석은 입김을 내뿜으며
시인처럼 눈물을 흘리기도 한다

주목나무 바늘잎에도
눈이 내려앉는다
주목나무 바늘잎에 별을 달고
촛불을 켜는 사람들
눈을 감고 두 손을 모은다

주님,

두려움으로 떠는 영혼들을

오늘밤은

저 눈처럼 따스한 가슴으로 끌어안게 하소서

초의 눈물로 헌신하는

자녀들 되게 하소서

사랑하게 하소서

저들의 가슴 밭에 사랑 심게 하소서

나무 위에

슬레이트 지붕 위에

공터에

내 마음에

눈꽃 환하게 피어나는 밤

여행기

1. 인천에서 장춘으로

하늘이 바다가 되었다
나는 물고기가 되어
구름과 함께
긴 바다를
헤엄쳐 가고 있었다

2. 장춘에서 연길로

갑자기 겨드랑이 밑이
가렵다
새가 되어 날고 있다
어제의 그대가 고개를 들고
나의 날갯짓을
바라보고 있다

3. 연길

메뚜기가 되었나보오
나는 드넓은 평야를 날고 있소
바람도 먼저 가려하지 않고
풀들

광야에 누우려하지 않소
나는 오늘도 그저
날개 퍼득이고 있을 뿐이오

4. 윤동주의 생가로

대륙의 고요 속에
화염길을 간다
초가집마다
옥수수꽃 성긴 눈이
나를 본다
동풍을 본다

5. 가슴속 눈물

어릴 적
앞마당 쓸던 싸리나무들이
붉은 피 머금고 있다
산기슭마다
슬프고
아리게
지천으로
생피를 내뿜고 있다

서오릉에서

— 진달래 산천

부산에서 열차 타고 올라온 끝눈이
서오릉
뭣등에 찾아든다

그 위에
멧새가 부리로
고요를 묻는다

창릉 명릉 익릉 홍릉 경릉
깊이를 알 수 없는 그리움이
능 속에서 솟아오른다

■ 해설

근원과 죽음의 경계
— 이우림의 서정시에 관해

김선주/ 문학평론가

1. 서정시와 제자리 찾기의 미의식

20세기에 민중이 국가를 향해 요청했던 것을 21세기는 국가가 대중에게 선전한다. 국가는 대중에게 뿌리에 관한 환상을 시시각각 주입한다. 시시각각 테크놀로지와 문화가 변화하는 데도 대중에 대한 정착에의 요청을 쏟아낸다. 건전한 시민과 풍요로운 가정의 이상을 모토로 뿌리로의 유혹을 강화한다. 어쩌면 국가의 필요조건은 지배할 대상의 활성화이다. 다시 말해 권력유지를 보증할 서발턴subaltern적 주체들이 필요한 것이다.

뿌리내리지 못한 20세기 민중의 정서에 강렬한 디아스포라 에너지가 숨어 있다. 21세기 국가가 민중의 뿌리 이미지를 빌려왔을 때 가장된 자유는 또 다른 필요조건이었다. 이전 세대의 자유가 국경을 떠도는 것이었을 때 그 자유의 부당함은 뚜렷하다. 이제 국가는 경험을 통해 대중에게 부조리에 항거할 명분조차 허락하지 말아야 했다. 그렇기에 대중은 국가에 의해 항시 자유롭게 날아다닌다는 환상 장치를 달게 되었다.

도시의 일상은 그렇게 다듬어져 왔다. 그러나 뿌리내린 삶의 밑바닥을 자세히 들여다보라. 우리 두 발은 유령처럼 붕붕 떠다닌다. 우린 여전히 국경을 떠돌며 근원적 장소를 그리워하는 향수병 환자다. 두 세기의 병자들은 떠도는 동시에 붙들린 이들이다. 이때 20세기는 대지를 유랑하는 이들의 시대였고 오늘날 방황의 무대는 바로 일상인 것이다. 즉 21세기는 비좁은 사각형의 시공간 사방으로 대지의 신기루를 방영한다.

이처럼 축소지향의 스케일과 환상기제로서의 뿌리 기표가 도시 곳곳으로 펼쳐져 있다. 그들은 취하여 맴돌고 있으나 떠돎 혹은 비상의 환각을 앓는다. 국가라는 화려한 껍데기 속으로 일상이라 불리는 달콤한 꿀을 바른 셈이다. 이런 정황을 인식 하에 필자는 최근의 시인들이 일상을 어떻게 다루고 있는지 살피는 중이다. 이우림의 시집 『여자가 바다를 찾을 때는』은 서정시가 자칫 놓칠 수 있는 현실감각을 내면화하고, 일상적 시공간에서 익숙한 사물들을 잘 다루어 시적 리얼리티를 확보하고 있다.

삼중바닥 냄비도
노란 양은냄비도
어머니
당신이 띄워주신
맛이 아닙니다

단풍나무 맑게 세수하던 날
그 손맛 너무 그리워
뚝배기 하나 사왔습니다

집안 가득
어머니
당신의 그 오랜 곰팡내를 피우며
그날 밤
청국장 한 그릇
맛있게 먹었습니다

—「뚝배기 — 어머니 1」 전문

우선 이 시에서 눈여겨볼 것은 인간의 근원을 상기시키는 어머니 기표이다. 시인은 옛 시공간을 재현하는 향수의 기표로 어머니를 시적 대상으로 호출한다. 자극받은 후각과 미각을 통해 추상적 시공간에 현실성을 불어넣는다. 가령 "당신이 띄워주신 맛"과 "그 오랜 곰팡내"의 발언은 기억 속 이미지를 감각영역으로 불러오는 역할이다. 이에 일상과 추상이 공유되며 현실의 풍요로움을 이룬다.

그런데 기억 속 이미지를 불러오는 행위는 단순히 추억을 되새기는 데 의의가 있지 않다. 화자의 어머니에 대한 추억은 강한 부정과 긍정을 통한 가치판단을 전제한다. 즉 그 맛이 '아니다'라고 하는 미각의 부정은 현대식 상품에 대한 가치인식으로 확장되어 옛 것 혹은 묵힌 것의 가치긍정을 낳는다. 이런 심리를 말해주는 것이 "오랜 곰팡내"에 대한 화자의 애착이라 할 수 있다. 흔한 "삼중바닥 냄비"나 "양은냄비"는 그 오랜 향기를 결코 만들 수 없다. 그렇기에 현대식 냄비와 뚝배기의 대립은 뭇 사물들의 등가가치를 전복한다.

인도를 준다 해도 셰익스피어와 바꾸지 않겠다. 누구라도 이 말을 들어봤을 것이다. 항시 사물의 가치는 소유자의 정신을 통해 획득되는 것이다. 자유시장경제체제에서 황금이나 주택이 자본축적의 또 다른 방향이라 할 때, 우린 금광이나 궁전과도 절대 안 바꿀 어떤 것을 뉴스에서 종종 접하곤 한다. 오래오래 뿌리내리고 살아온 곳을 떠나지 않으려는 소망이나 동반자가 남긴 유산 등등이 그것이다. 어머니 기표는 불멸의 가치로 치환되며 소중한 것을 지키려는 윤리적 감각으로 화자를 이끈다.

시인은 그 감각을 통해 삶의 의미를 묻고 있다. 청국장찌개의 맛과 전통 장의 향기에 의해 그리움은 당장 피부를 찌르는 확증적 감각을 깨운다. 다시 말해 그리움은 희미한 이미지의 기제가 아니라 실증의 진원지인 것이다. 이러한 실증적 그리움을 통해 이우림의 시 세계는 소소한 것의 행복에 대해 말한다. 그러나 그 미니멀의 세계는 앞에서 목격했듯이 불멸의 대상을 향해 활짝 열려 있다. 여기서 이우림 시들에 나타난 서정성의 독특함을 발견하게 된다.

> 두 아이 밥숟가락에 청잎 시래기를 얹어줄 때마다
> 내 눈빛이 어머니 눈빛이 되어

아이들 밥숟가락에
별똥별로 떨어진다

—「가을무청 — 어머니 2」부분

이 시에서도 재래의 먹거리가 혀를 자극한다. 된장의 향기와 청잎 시래기의 담백하면서도 알싸한 맛이 읽는 이로 하여금 자연스레 옛 먹거리 감각을 되살리게 만든다. 이런 다정하고 반가운 추억의 감각 중앙에는 어머니의 존재가 있다. 어머니는 시 전체의 감각을 관장하고 깨우는 시적 자아의 절대자와 같다. 그렇기에 이우림의 시 세계를 서정시의 한 경향으로 파악할 때 어머니 기표는 중요하다. 어머니란 존재자는 이별과 죽음 등의 슬픈 정서를 깨우는 시맥 간의 자극제이기 때문이다. 다시 말해 서정시의 근간을 한과 슬픔에 둘 때 어머니는 그 비가적 세계관의 원형인 것이다.

어머니를 향한 초월적 슬픔은 일상이라는 미니멀의 세계로 당연한 듯 착지한다. 화자와 아이들의 오순도순 식사 풍경으로 어머니가 눈처럼 내림으로써 그곳은 아니 시는 잔잔한 슬픔을 몰고 온다. 청잎 시래기 무침의 알싸함과 구수함은 어머니를 떠올릴 때마다 느끼는 "코끝"의 따가움으로 변이된다. 이로써 어머니 기표가 부르는 초월적 슬픔은 화자에게 스미어 선험적 슬픔이 되고 있다. 일종의 도락이라고도 할 수 있을 소소한 일상에서의 식사 자리가 서정적 시어들의 보고로 확장하는 것이다.

이처럼 감정의 재전이 현상으로 서정의 이미지가 풍부하

게 샘솟는다. 그러나 슬픔의 유동성은 감정의 영역에 그치지 않고 기표들의 자유로운 이동을 부추긴다. 즉 이미지와 사물들이 슬픔의 향연에 동참하게 돕는다. 그리하여 화자는 이우림의 시 세계에서 슬픔을 느낀다는 것은 자유를 획득할 가능성임을 드러낸다. 즉 슬픔은 있을 자리 혹은 있을 자리의 부재를 탈피할 시적 힘이다. 다른 어딘가로 비상함으로써 붙들린 이미지들을 해방시킨다.

일상에서의 "두 아이 밥숟가락에 청잎 시래기"를 놓아주기 몸짓은 사물을 본래성이란 속박에서 풀어준다. 일상은 시공간을 초월하여 "내 눈빛이 어머니 눈빛이 되"는 기적의 장소이다. 그 강렬한 애정의 눈빛은 "아이들 밥숟가락"으로 날아가 "별똥별로 떨어지"며 사물들의 본래성을 해체한다. 숟가락은 별똥별의 기표를 통해 밤하늘의 내재율을 불러온다. 옹기종기 가족들이 모여 앉은 조촐한 밥상은 그 밤하늘과 오버랩하여 어머니의 시원적 시간성을 형상화되게 한다.

화자 즉 자아의 어머니는 온 세상 대타자의 어머니 이른바 은유적 어머니로 확장된다. 그 어머니 은유가 재래함으로써 일상은 세기말적 "폐경의 어머니 자궁"(「세기말에 내리는 눈에 관하여」)과도 같은 비생산성을 벗고 풍요의 이미지로 전환하는 것이다. 라캉의 은유적 아버지가 상징계로 진입하는 것일 때 우린 그 반대도 상상해볼 수 있다. 즉 자아의 밑바닥 어느 곳으로 사라진 어머니 은유가 소환되며 일상은 상실된 실재계, 근원의 시공간을 열어 보인다.

일상이 경계 없는 이미지의 세계를 열며 대대적인 존재

전환의 장소성을 낳는다. 인간과 사물은 인공뿌리로 억압받지 않고 중력을 거스른 듯 자유롭게 흩어져 재창조를 이룬다. 이때 이우림의 시어들은 불확정적 유기체, 존재자로의 형상화를 단호히 거부한 채 무엇이든 될 수 있는 액체형 이미지이다. 느려지는 것 혹은 정지되는 것은 고체화를 가리키므로 여기 쉬지 않는 날갯짓, 부단한 이동성의 흐름만이 있을 뿐이다.

그래서 이우림의 시들은 아프고 다친 존재자들의 불안한 비행으로 한창이다. 일상에서 누구라도 금방 마주칠 법한 시적 대상들에 귀를 기울이는 것이다. 이를 통해 그는 낭만적 운율이 불러일으킬지 모를 작위성을 봉쇄한다. 즉 세계의 원형을 슬픔에서 찾고 있되 현실과 환부의 이미지를 분리시키려 함이다. 눈 가리는 통증의 감각을 비우고 실증적 그리움과 보편적 슬픔 찾기를 형상화한다. 달리 말하자면 내부로부터 샘솟는 슬픔과 바깥의 슬픔을 조응시키는 것이다.

여기서 이우림의 시 세계에 나타난 제자리 찾기의 미의식이 존재 전환의 미학에 그치지 않는단 것을 발견한다. 가냘프게 날갯짓하는 사물들은 스스로 재창조되는 동시에 소통과 공감의 타자들을 찾아떠돈다. 바로 그들이 이우림의 시적 대상으로써 그만의 독특한 서정적 운율을 만드는 동력이다. 타자를 찾아 결코 굳어지지 않고 무한히 흘러가기를 열망하는 액체형의 자유가 이우림의 시 쓰기 본령인 것이다.

2. 제자리 찾기의 구체적 정황

폴 고갱의 〈우린 어디서 왔고, 누구이며, 어디로 향하여 가는가〉란 작품은 헐벗은 육체를 통해 인생의 총체적 시간성을 형상화한다. 육체의 헐벗은 상태 그것은 사실 황망한 영혼의 형상화이다. 화폭 속 세대의 총망라는 영혼의 '정처 없음' 혹은 '있을 자리'의 부재를 고요히 호소하고 있다. 뿌리를 갈망하는 동시에 그 뿌리를 저주하는 역설적인 존재조건을 그 그림은 담아냈다. 가족도 등진 채 오직 그림을 그렸던 늦깎이 화가의 낯선 타히티 생활을 떠올려보라.

이우림의 시어들은 한결같이 끊어진 뿌리로 끌린 자국을 남겨놓는다. 아리고 슬프면서 어딘지 비장한 그 궤적들을 지켜볼 때마다 고갱의 헐벗은 타히티 원주민이 떠오른다. 문명인들이 보기에 부박해보였을 그들로써 예수의 형상화까지 시도했던 고갱과 마찬가지로 분명 이우림도 빛을 갈구하는 듯하다. 바다의 이미지는 헐벗은 영혼이 궁극에 정착할 이상향의 감각을 되돌려준다. 즉 이별한 대상들이 불려와 모여드는 장소로써 바다가 나타나고 있다.

여자가 바다를 찾을 때는
가슴에 조각구름 몽실몽실 떠다닐 때다

기억 저만치 빠져나갔다가 되돌아오는
통통배 한 척 있을 때다

이슬 아래 밤새도록

푸른 모래탑 부서질 때다

여자가 바다를 찾을 때
그때는

—「여자가 바다를 찾을 때는」 전문

이 시는 이별의 아픔과 추억을 통한 비애의 감정이 절절히 드러난다. 그런데 이별의 대상이 미지의 X로서 구체성을 잃고 시적 메타포 뒤에 숨어 있다. 그 X라는 대상은 바다의 현상을 통해서만 존재가능하며 그러한 존재성조차 화자로부터 지칭되지 않을 비극에 처한다. 그나마 그를 불러올 바다의 현상이란 "조각구름 몽실몽실 떠다닐 때"나 "저만치 빠져나갔다가 되돌아오는/ 통통배 한 척 있을 때" 혹은 "이슬 아래 밤새도록/ 푸른 모래탑 부서질 때"를 가리킨다.

이런 '어느 때'란 시점이 "여자가 바다를 찾을 때"로 확장/치환돼 X란 개별자보다 바다의 장소성을 더 드러나게 한다. 한마디로 이별의 대상은 부재해 있고 그를 회상할 시공간은 현전하고 있다. 이로써 바다란 장소는 재회의 영역인 동시에 이별의 장소로 역설적 존재근거를 낳는다. 이때 이별의 장소는 X의 부재를 가리키며, "조각구름" 혹은 "통통배"가 재회의 공간성을 확립한다. 즉 화자가 직접 불러볼 수 없는 대상 X로서의 이름 없는 존재자를 사물들이 대리보충하는 것이다.

그러나 바다는 결코 해후의 기쁨을 느끼게 해주지 않는

다. 오히려 착잡함과 허전함을 통해 쓸쓸한 시공간을 열어 보인다. 화자의 발화로부터 불려오는 바다의 이미지 혹은 대상 X의 은유가 그 점을 잘 말해준다. 조각구름은 흘러가고, 통통배는 다시 빠져나갈 터이며, 밤의 모래탑은 어딘가로 파도에 휩쓸릴 것이다. 바다에 "무수히 찍힌/ 새 발자국들" 중 "당신의 발자국은/ 그 어디에도 없"(「서포리에서」)다. 이처럼 비애의 정서를 기조로 깔며 바다의 이미지는 이데아와 모상으로 나뉜다. 즉 현실에서 당도할 바다는 모방물이며 진짜 바다는 항시 유예상태다.

이 시에서의 바다가 기억행위 즉 의식작용의 소산물이란 점이 그 사실을 더 잘 드러낸다. 상상작용은 바다 찾기의 실천적 행위를 유보함으로써 현실 속 바다가 이데아일지 모를 착각을 강화한다. 언제가 될지 모를 바다 찾기의 여정은 그 바다가 이데아의 유예상태까지 모방하게 만든 것이다. 그러나 바다의 실재는 항시 이데아의 희망을 배반하며 화자에게 좌절을 맛보게 한다. 즉 "깨가 쏟아지게/ 파도와 사랑"(「정자 마을에서」)한 환희와 "수평선에 콱 빠져버릴"(「여자」) 실증적 슬픔을 동시에 안긴다.

그 바닷가에서
칼질을 한다
파를 썰어 넣고 마늘을 다진다
핏물 뺀 소갈비가
월사 때
개짐 같다

사내들을 위해
넓적다리 아래 대롱거리는
소불알도
잘라 넣는다
문득 수평선 위에서
소리도 지르지 못한 채 미끄러져내리는
한
사내
그 바닷가에서
밤새 나의 팔다리는 찢어지고
피 흘리는 내 유방에선
해삼이 자랐다

—「그 바닷가에서」 전문

이처럼 사랑과 이별은 가학적이며 불안한 형태로 나타나기도 한다. 우선 눈에 띄는 시어는 "핏물 뺀 소갈비"와 "월사 때/ 개짐"이란 표현이다. 월사란 월경을 가리키고 개짐은 바로 생리대인데, 이에 식욕과 성욕이 연결되고 있다. 소갈비라는 식욕의 대상과 생명흔적의 한 편린이 오버랩되는 풍경을 통해 인간의 숙명적 조건이 드러난다. 바다는 생존하기 위한 불가항력의 존재근거로 펼쳐진다.

화자가 "사내들을 위해" 요리하는 과정에서 나타난 "칼질"은 그야말로 가학의 결정체다. 예리한 칼놀림이 가닿는 시적 대상은 "파를 썰어 넣고 마늘을 다진" 등의 채식성에서 점차 "넓적다리 아래 대롱거리는/ 소불알도/ 잘라 넣는" 육식성을 띤다. 이러한 칼의 이미지가 "문득 수평선 위에" 나타난 "한/ 사내"의 거친 손길과 유비를 이룬다. 파, 마늘, 육고기 등 식욕의 대상이 화자의 전신상을 통해, 성욕의 대상으로 치환된다. 요리의 시구들은 "나의 팔다리는 찢어지고/ 피 흘리는 유방"이란 발화대상으로 교체되고 있다.

식욕과 성욕은 영원한 결여상태, 즉 치유할 수 없는 원초적 환부를 상징하는 듯하다. 그 환부를 봉합하는 일은 항시 요원하며 '먹는 행위'가 그렇듯 사랑의 행위 또한 일회적이다. 이우림의 시 세계에서의 사랑은 이별을 전제하기 때문이다. 그렇기에 이른바 '개짐'의 시학이 시 전체를 가로지르는데, 임시방편의 치유-학으로써 사랑은 원초적 환부에 덧댄 민간요법의 존재성을 지닌다. 타고난 상처를 끝없이 자극하며 새로운 피를 흘리게 만드는 동력이다.

이러한 불멸의 환부가 이우림 시 세계의 서정성을 이끄는 원초적 동기일 것이다. 여기서 상기할 점은 이동성 혹은 운동성이 다가갈 대상과 멀어진 대상의 구조를 이룬다는 것이다. 바다를 화자가 끝없이 다가갈 장소로 파악할 때 어머니는 점차 멀어질 대상이다. 이로써 앞의 어머니 은유가 탄생이나 시원을, 또 바다가 죽음을 상징한다고 볼 수 있겠다. 둘 다 불멸에 대한 시적 대응이며 그 중간에 서 있는 화자가 두 세계의 경계이다. 발화주체 화자와 현재적 시간성은 필연적인 대응대상인데, 따라서 어머니-화자-바다/탄생-삶-죽음의 미의식 구조가 형성된다.

화자-삶의 중심항은 다양한 형태를 낳으며 포개지는 두 항렬의 구심점을 이룬다. 결국 이우림의 시 세계에서 시어들의 뿌리 끄는 발자국은 존재와 삶의 시학을 향해 나아간다. 이때의 삶의 형식은 바로 어머니 혹은 바다로의 자유로운 비행이다. 시원을 거슬러올라가 어머니의 흔적을 일상으로 이끌고 오거나 하이데거적 죽음의 임시체험으로 존재성을 자극하는 것이다. 이리하여 어머니-화자-바다/탄생-삶-죽음의 미의식은 화자-존재/삶-자유의 시학으로 확장된다.

탄생과 죽음을 불멸의 시적 대상으로 볼 때 그 속의 화자는 피 흘리며 부서지기 쉬운 존재이다. 바로 이런 불완전성을 통해 현실 속 바다의 데카당스적인 실체가 더 두드러진다. 이푸 투안이 인간과 물리적 공간의 정서적 유대를 장소애라 부를 때, 이우림의 존재근거는 슬픔 공유의 장에 있다. 즉 부서진 존재자의 상처가 서로에게 흘러 스미는 것, 그리하여 "좀처럼 속을 허락하지 않는" 타자의 존재성과 "모든 관계는/ 그렇게 시끄러운 것"(「관계」)이란 진리를 내면화하는 것이다.

지금까지 봤듯이 바다는 달콤한 추억과 동시에 쓰라린 비애를 불러일으킨다. 나와 너의 쉽사리 가까워질 수 없는 존재의 아이러니가 바다를 통해 드러난다. 그 바다를 갈구하는 화자의 마음은 달리 말해 탈-슬픔의 상태, 혹은 슬픔의 순수성을 찾으려는 열망이다. 즉 통증이 부재한 슬픔을 말하는 것이다. 슬픔의 이런 아주 깨끗한 상태는 타자의 슬픔에 귀기울일 때 가능하다. 그 타자가 다시 나의 슬픔에

반응해 이른바 슬픔공유의 장이 형성될 때, 즉 가학적 위선의 사랑에 저항할 때 궁극의 서정시가 가능하리라.

그렇기에 이우림은 존재/자유의 시어들을 풀어놓는다. 마음껏 타자에게로 향해 날아갈 수 있는 제자리 찾기의 미의식을 시도한다. 즉 시 쓰기로써 "철조망에 걸린/ 남자와/ 철조망에 걸린/ 여자"(「벽」)가 전유한 슬픔이 서로에게 스미게 만드는 힘을 기른다. 영겁 같은 출산의 진통을 옷갈아입기의 찰나로 전환하여 기꺼이 아이의 자유를 위해(「아이와 지퍼」) 싸운다. 혹은 "토요일엔 하나보단 둘/ 마주 앉은 눈으로 그렇게"(「토요일엔 하나보단 둘」) 되길 바라며, "티베트로 가고 싶다/ 아프리카로/ 칠레로/ 시실리로/ 툰드라로"(「배추밭 속의 달팽이」) 가자며 열렬한 자유의 노래를 부른다. 너에게로 향하는 자유의 노랠 흥얼거린다.

3. 비가의 배경과 탈-비가의 주체성

이우림의 현실대응은 슬픔을 아로새긴 애드벌룬의 몸짓이다. 그래서 이 시인의 시적 모티프는 "쉴 새 없이/ 하늘을 담금질하는/ 파도"(「그 여자의 바다」) 앞에서의 좌절감과 함께 허무의식이 잠재돼 있다. 이를 극복하기 위해 그는 일테면 환부의 모나드를 형성한다. 아프고 다친 존재들을 그러모아 일종의 대형 환부의 표지판을 일상의 길가에 세운다. 즉 고개를 돌릴 수 없으며, 시선을 거둘 수 없으며, 결코 외면하지 못할 슬픔의 비주얼을 구성한다. 마치 작은 물고기 떼가 고래처럼 헤엄치는 형국이다.

이를 통해 시인은 서정시의 정중앙에 강한 현실비판의 시어들을 불러모은다. 즉 '있음' 자체의 상태가 현실의 부조리를 가리켜 보이며 낭만적 세계에 예리한 윤리학적 실천성을 구현한다. 이른바 심볼의 역습이 일어난 것이다. 사물이 한정적 의미의 결박을 풀고 본래성의 계약이 파기된다. 오로지 시 장르에서만 오롯이 실천가능한 자유로운 존재전환을 통해 현실의 곪은 자국들은 켜켜이 도려내진다. 이때 화자가 겨냥한 비판대상은 바로 공감과 소통의 부재이다.

날리는 빗방울보다
흐르는 내 눈물
더 굵다

—「가뭄」 부분

이 시에서 눈여겨볼 점은 본래성의 역전 내지 전이 현상이다. 우선 자연현상은 "날리는/ 빗방울"의 표현에 의해 수동성을 보이고, 개별자의 감정반응이 "흐르는 내 눈물"로 발화되며 능동적 주체성을 지닌다. 눈물의 갖가지 얼굴 중에서도 이른바 '연약한 자의 슬픔'을 도외시할 수 없을 때, 시인은 그 연약한 개체를 자연의 웅장함 위에 설정한다. 이러한 역전현상이 시 전체에서 일종의 공리작용을 하고 있다.

이 눈물과 빗방울의 행위 차원은 본래성 해체의 인식론을 확립시킨다. 즉 "흐르는 내 눈물/ 더 굵다"의 사실적 조건을 밝힘으로써 두 대상의 능동적/수동적 행위차원이 본

질차원의 변이를 불러온다. 눈물은 존재전환으로 인하여 비로써는 불가능한 행위를 대신 충족할 힘을 지니게 된다. 가뭄은 지상의 모든 물길을 증발시켰으나 눈물이 그런 대지에 새로운 물길을 낸다. 시인은 눈물 흘리기를 불모의 해소기제로 활용한 것이다.

화자의 주관적 인식반응이 '눈물로 대지를 적시리라'는 보편적 문제의식을 낳고 있다. 이런 시적 상상력에 의해 그 거짓말은 고집스레 긍정의 미학을 이루고 보편적 진실로 이른다. 여기서 눈물의 액체성 즉 "흐르는" 속성에 주목해야겠다. 눈물 흘리기는 본래적 존재근거인 눈동자를 탈주할 용기가 필요하다. 이 사실로 주관적 슬픔인식은 타자의 슬픔 느끼기로 발전해 실천적 윤리학을 낳는다. 눈물은 일종의 가려진 눈동자의 정화제인데, 눈물로 씻어내려는 것이 바로 감상적 인식의 한계이다.

시인은 진정한 눈뜸의 의지를 통해 메마른 고추모종과 누렁이의 슬픔을 관조하고 있다. 다시 말해 타자의 슬픔으로 건너가 자기 슬픔을 해소한다. 혹은 자기 슬픔을 부수고 타자의 슬픔으로 건너간다. 혹은 두 슬픔이 서로를 포옹한다. 이는 자아의 내면적 슬픔과 대타자적 바깥의 슬픔을 조응시키는 것이다. 이로써 공감의 시공간을 열어 그 공감과 소통의 부재를 비판한다. 그런데 눈물은 결코 타자 혹은 세계를 부술 수 있는 힘이 없다. 오직 눈물 흘리기로서 꿋꿋한 견딤의 포즈로 서 있는, 바로, 당신은 어디로 갈 것인지에 대한 이정표일 따름이다.

일차선 비둘기는
날아가지 않았다
옆 차선으로 피하지도 않았다
차선 밖
은행나무 그늘로 한 줄기 동풍이 지나가고
문득 노오란 은행잎처럼
인도로 날아오르다
다시 떨어져내리는
깃털
몇 잎

성일요일 아침
지구를 끌어안고 압사한 성자를 위해
나는 잠시잠깐
성호를 그었다

그 옆을 무심히 지나는 16배기통에선
예배당의 엄숙한 종소리가
다시 하늘 높이
울려 퍼지고 있었다

—「성일요일 아침」 전문

이 시는 비둘기의 인격화를 통해 소통부재의 엄혹한 현실을 형상화하고 있다. 우린 아무도 돌보지 않는 존재의 극

단적 형상을 이 시에서 목도하게 된다. 이른바 비-공감의 세계가 비둘기의 참혹한 죽음에 의해 열린다. 그런데 비둘기가 역사 속 예수님과 오버랩되는 점을 주목해야겠다. 비둘기는 "지구를 끌어안고 압사한 성자"이다. 아무도 비둘기의 죽음을 관심두지 않을 때, 화자는 "성호를 그었"고, 자동차 배기음은 "예배당의 엄숙한 종소리"처럼 울려퍼진다.

이로써 역사 속 예수님의 대속적 죽음이 비둘기의 최후 상태로 겹쳐진다. 예수님의 십자가 죽음이 인류의 죄의식을 야기시키듯, 비둘기의 한 죽음은 문명인의 책임의식을 촉구하는 것이다. 이처럼 비둘기와 예수님의 상징적 연결을 통해 소통에의 치열한 윤리의식을 낳는다. 또한 시인은 비정한 현대세계에 대한 절실한 비판정신을 드러낸다. 시인은 오직 쌩쌩 지나치는 자동차들만이 보이며 이웃이란 결코 나타나지 않을 황량한 국도에서 유일한 목격자로서 서 있는 것이다. 쓸쓸한 최후를 목도한 자의 놀라고 쓰리고 체념적인 시선을 그곳에 던지며 말이다.

시인은 일상에서 조그맣고 쓸쓸한 대상들의 곪고 피 흘린 자리를 찾는 탐사자이다. 거의 처녀지와 버금가는 그곳이 시인에 의해 개척될 때 일종의 오지의 풍속이 나타나고 우린 낯선 원주민을 만날지 모르겠다. 슬픔의 세상이라는 오지의 원주민 말이다. 우린 그 처참한 풍경을 향하여 인생이 살 만한 가치가 있는가? 혹은 살 만한 가치가 없는가? 자문할지 모른다. 마침 이 오지의 세태는 우리에게 자못 의미심장하게 물어올 것이다. 이 세상을 사랑할 가치가 있을까?

두 물음은 비슷한 듯 다른데 이우림의 시 세계는 바로 세계에 대한 이 강한 애착으로부터 출발한다.

그렇기에 그에게 미워할 수 없는 대상의 전제조건은 시 전체의 조화를 담당한다. 어머니 혹은 가족, 아이들, 동물들 등은 바로 카뮈의 실존적 질문만큼이나 중요한, 어떻게 사랑할 것인가의 유일한 단서이다. 그들로 인해 세상을 이루는 온갖 사물이 애정과 애착으로 깨어난다. 새 신부가 다홍치마 걸치듯 양념 밴 배추포기(「김장을 하며」)와 제 속을 비워 당신 속 달래주는 황태(「황태」)와 소유의 겸허를 가르치는 귀여운 참새(「남겨둠의 의미」) 등까지 활짝 날갯짓한다.

이러한 비판의식은 기도의 음성으로 발전한다. 이 세상의 "두려움으로 떠는 영혼들"이 서로서로 "따스한 가슴으로 끌어안"길 바라는 염원으로 확장되고 있다. 이른바 "초의 눈물"의 이상을 통해 우리 세계에 능동적 자정작용이 불어오길 호소한다. 그리하여 시인은 줄곧 타자의 "가슴밭에 사랑 심"(「전야」)는 여정에 올라 있다. 사랑이 씨앗처럼 퍼지길 바라며 쉬지 않는 타자로의 제자리 찾기 중이다.

현대시세계 시인선 **148**

여자가 바다를 찾을 때는

지은이_ 이우림
펴낸이_ 조현석
기　획_ 김정수, 우대식
펴낸곳_ 북인
디자인_ 푸른영토

1판 1쇄_ 2023년 06월 09일
출판등록번호_ 313 - 2004 - 000111
주소_ 121 - 842 서울 마포구 서교동 460 - 34, 501호
전화_ 02 - 323 - 7767
팩스_ 02 - 323 - 7845

ISBN 979-11-6512-148-8 03810